Llond Drôr o Ddeinosoriaid

Haf Llewelyn

Lluniau gan Iola Edwards
Dyluniwyd gan Dafydd Llwyd

Ⓗ Haf Llewelyn

Argraffiad cyntaf: 2011
ISBN 978-1-906396-35-0

Cyhoeddwyd gyda chymorth ariannol
Cyngor Llyfrau Cymru.

Cyhoeddwyd gan Gyhoeddiadau Barddas
Argraffwyd gan Wasg Dinefwr, Llandybïe

I Seren

CYNNWYS

Gwyliau'r Haf

Haul melyn, hwyl a mulod,
mamau blin, babis pinc a chrancod,
chwip din, a baw gwylanod;
mae glan y môr yn lle reit od.

Teirw, tractors a gwenyn,
iâr fach dew, ac ambell fochyn,
mycspredars glân a nionyn
maint pêl-droed, a chwningod gwyn.

Pabell a'r glaw yn dripian
trwy'r to, a sach gysgu'n socian,
chwarae snap, sôs coch ar frechdan;
pwdu, mynd i gysgu'n y fan.

Dringwyr, llwybr serth a chamfa,
picnic stêl, dyheu am y copa,
blistars yn llenwi fy 'sgidia';
Ai hyn i gyd yw gwylia' ha'?

Hwre! Dim ond diwrnod eto,
wedyn caf fynd 'nôl i weithio,
a gwneud 'run syms dro ar ôl tro –
achos FI yw'r prifathro!

Chwilio

Does dim ar ôl ar frig y bryn,
'run neuadd fawr, na gwydrau cain;
dim ond cysgodion sy'n fan hyn.

Ble'r aeth y ceirw? Ble mae'r llyn
lle gynt bu'r elyrch? Bellach brain;
does dim ar ôl ar frig y bryn.

A glywi'r ddawns a nodau tyn
telynau'r wledd, y crwth a'i sain,
dim ond cysgodion sy'n fan hyn.

Lle mae'r canhwyllau fu ynghyn
A gwres y tân rhag gwyntoedd main
Does dim ar ôl ar frig y bryn.

Y tyrau gwych a'r adar gwyn
a'r peunod balch yn croesi'r llain;
dim ond cysgodion sy'n fan hyn.

Rwy'n aros, gwrando, chwilio'n syn
am olion rhywbeth yn y drain:
does dim ar ôl ar frig y bryn,
dim ond cysgodion sy'n fan hyn.

Anifail Anwes ein Teulu Ni

Mae gan Jason gath a bwji,
Mae gan Jac bry cop a chi,
Mae gan Cai ddau igiwana,
Does gan neb un fel s'gen i.

Mae o'n cysgu'n y bync ucha'
Yn hongian drosodd – cadw sŵn,
Mae o'n taflu pethau, rhuo –
Dwi'n rhannu llofft efo BRAWBŴN.

Hwyl Fach Las

Hen ŵr y môr yn syllu draw
gan ddisgwyl gweld un hwyl fach las,
a rhywun yno'n codi llaw.
Hen ŵr y môr yn syllu draw
ond wêl o ddim ond dagrau'r glaw
a meirch y môr yn rhedeg ras.
Hen ŵr y môr yn syllu draw
gan ddisgwyl am un hwyl fach las.

Te efo Nain

"Wel, Pws – edrych pwy sy'ma,
tyrd i mewn. Be' am git-cat?
Sgiat gath – tyrd i eistedd yn fa'ma."
'Tic toc,' meddai'r cloc, 'rat tat tat.'
"Twt, paid â phoeni amdani,
be'dio bwys am ryw hen ffenestr racs?
Brechdan – efo jam mefus arni,
cacen ffenast – O na – wneith fflapjacs?
Be'? Oedd hwnnw yno hefyd?
Hen jadan, wyddost ti, oedd ei nain,
un gegog, heglog, gwynfanllyd,
efo sgwennu 'run fath â thraed brain.
Hidia di befo, fy ngwas i,
bydd pawb wedi anghofio toc –
gad ti dy fam i mi, weldi …"
'Rat tat tat, tictitoc,' meddai'r cloc.

Sled Siôn Corn

Fi ydi'r un sy'n gorfod hwfro
sled Siôn Corn wedi iddo barcio,
a mynd i'r tŷ am flwyddyn arall.
Mae'n waith caled, 'dach chi'n deall?
Ond fedra'i ddim datgelu gormod –
i gael y swydd, roedd hynny'n amod.
Ond dyma rai o'r pethau gafwyd
ar lawr y sled yn llanast llychlyd:

Yn gyntaf chwarter set o lego,
gwifren Wii, a bocs Nintendo.

Hanner afal, llwyth o foron,
blewiach camel, ffilm môr-ladron.

Map o'r ffordd i Abwdabi
o Timbactŵ, a dymi babi.

Pedwar darn o ryw jig-so,
pedair llechen a dau jac-do.

Ticed parcio, a ffein go nobl,
twrci tew o'r enw Gobl.

Dau bry copyn wedi marw,
a llond sach o bw-pŵ carw.
Cacen 'dolig flwyddyn diwetha'
chwarter pitsa margherita.

Saith deg a chwech o focsys siocled
(pob un yn wag), a llun o roced.

Caniau coke, apwyntiad deintydd,
briwsion mins peis, a phinnau pinwydd.

Rhestrau, rhestrau dirifedi,
un goes doli, a stwffin tedi.

Dau lythyr cŵyn yn bygwth plismon,
cerdyn diolch efo llun angylion.

Ac o dan y sêt mewn papur arian –
un parsel sgwâr, un dirgel, bychan.
Mae'n cuddio o dan haen o barddu,
Beth sydd ynddo? Cewch chi ddyfalu …

17

O dan fy ngwely ...

Mae mil o angenfilod
a haid o ryw bethau od
dan y gwely'n dwyn golau;
arswyd o ddyn llwyd – a llau;
llygaid fel pyllau ogof;
o Annwfn, sŵn cŵn o'u cof.
Yn rhoi min ar ei 'winedd.
hen fwbach bach o Gefn bedd.
Ysbryd tew yn sibrwd tttti ...

       ... Neno'r taaaad, gad mi godi!

Ymson y Morfil

Unwaith,
a golau'r lleuad yn sglein ar ewyn y môr,
a'r sêr yn binnau bach ym mantell y nos,

unwaith,
gallwn ddilyn llwybrau'r lli
ymhell, bell i'r gorwel.

Bryd hynny, fy merch,
roedd y cefnfor yn llawn ohonom,
a deuem i lawr y ddawns,
    dan y belen risial wen
        i ddawnsio.

Dawns o ddiolch
am y cefnforoedd dwfn,

ein cartre, ein cynefin ni,

yno roedd popeth roedd ei angen arnom.
Wyddost ti na welen ni neb

— neb ar ein taith bryd hynny —
dim ond gwawrio'r haul mawr melyn,

a'i fachlud yn goch ar y tonnau.

Bedwen yn yr Eira

Dacw hi
yn welw a gosgeiddig
ynghanol y boncyffion praff,
dawnswraig y camau cain,
yn siglo
a phwysau'r lliain gwyn
yn drwm ar ei hysgwyddau bregus.
Mae'n hardd
dan wên y pelydryn disglair
ar fore o farrug.

Pwy?

Mae yna baent hyd lawr y gegin,
olion traed na ddaw i ffwrdd,
pinnau ffelt sydd wedi rhedeg
yn bryfaid cop ar hyd y bwrdd …

… yn swatio'n lliwgar yn y drôr
mae Drycin Drwg y deinosôr …

… ac mae rhywun wedi tynnu
caead pob un potyn jam;
a sut bod y gath 'di sglaffio
chwech o wyau a phwys o ham?

… yn swatio'n gyfrwys yn y drôr
mae Drycin Drwg y deinosôr …

Pwy fu'n tynnu pob un blodyn
o'r ardd fach a gadael chwyn,
a phwy fu â'i ddwylo budron
at y lein a'r dillad gwyn?

… yn swatio'n chwyslyd yn y drôr
mae Drycin Drwg y deinosôr …

Mae 'na rywun wedi bwyta'r
mefus gorau, a'r sosej rôl,
wedi cymryd tamaid bychan
o'r deisen jam, a'i rhoi yn ôl …

… yn swatio'n foliog yn y drôr
mae Drycin Drwg y deinosôr …

Mae 'na rywun wedi benthyg
morthwyl, hoelion a dwy sgriw,
i drwsio'r tolc yn nrws y pic-yp,
mae wyneb Dad 'di newid lliw …

… yn swatio'n nerfus yn y drôr
mae Drycin Drwg y deinosôr …

Ond heddiw daeth Taid heibio,
a dweud – "Ben bore Llun,
cei ddod i 'sgota efo fi
os bihafi di dy hun."

… dwi wedi chwilio yn y drôr
ond does na'm ôl 'run deinosôr …

Gwylio Adar

Trwy'r ffenestr
gwyliaf yr adar
a'u campau'n llonni'r dydd.
Ond daw hithau
i wylio'r mynd a'r dod,
ei llygaid craff
yn aros ...
aros ei chyfle,
ac mewn blewyn o eiliad
mae'r plu coch
yn meirioli'r eira.
Ac yn y grât,
mae'r tân yn diffodd.

Trwy'r ffenestr unwaith
gwyliais yr adar.

Pan Ddoi di Adre ...

Pan ddoi di eto adre'n ôl
bydd popeth yn fy myd yn well;
fe awn i 'sgota pyllau'r ddôl,
pan ddoi di eto adre'n ôl;
caf wrando stori yn dy gôl
am ddreigiau hud a chymoedd pell –
pan ddoi di eto adre'n ôl
bydd popeth yn fy myd yn well.

Enwau

Welais i 'run dyn na cheffyl
ym *Mryn Saith Marchog* – ble mae'r rhain?
Ac ai dim ond pobl denau
gaiff groesi'r afon yn *Rhydymain*?
Ac ydi o'n wir y gwariwch ffortiwn
yng *Ngherrigydrudion* ar lond trol
o raean mân yn syth o'r afon?
A beth am bobol *Rhosybol* –
ydyn nhw yn foliog, dewion?
Nac ydyn siŵr, af ar fy llw,
a beth am bobol *Pentreberw* –
ai *ffrio* wyau fyddan nhw?

Ydi pysgod *Aberhosan*
yn gwau sanau dan y dŵr?
A phwy yw mab y Dani hwnnw
o *Landdaniel*, dwi'm yn siŵr.
Wedyn faint o bobl ddoniol
sy'n *Alltwalis* – dau neu dri?
A ble mae dyn o *Danygrisiau*'n
cadw'i 'sgidia', wyddoch chi?

Ydi dŵr *Cwm Nant yr Eira*
yn ddafnau rhew trwy'r flwyddyn gron,
a thraeth *Aberygwyngregyn*
yn troi'n arian dan y don?
Tyrd ar daith trwy *Gymru* gyfan,
chwilia'r ffyrdd o *Benfro* i *Lŷn*,
cofia'r enwau, maen nhw'n gyfoeth,
pletha chwedl am bob un.

Medrau Meddwl

Mae Mr Huws y pennaeth
yn mynnu nad ydw i
yn trio mewn gwyddoniaeth,
"Dwi'n cyfri i fyny i dri ...
ro'i amser i ti feddwl,
ac fe roi di ateb gwych –
Pa ddefnydd ydi'r gorau
i'n cadw ni yn sych?"

Dwi'n meddwl ac yn meddwl,
rhagdybio, adolygu'r dull,
dwi'n myfyrio ar fy nysgu ...
Ond mae wyneb Huws yn hyll.
"Dwi'n aros," meddai'n dawel,
"tyrd o'na, ateb wir!"
Ac yna fel bollt dwi'n cofio –
o'r mwd fe ddônt yn glir –
eiriau fy nhaid ers talwm,
maen nhw'n hofran oddi draw
"Cofia Wil, os nad wyt am 'lychu –
paid mynd allan yn y glaw!"

Cwmwl?

Llongau a'u hwyliau gwynion
yn nofio 'mhell uwchben
a'u mastiau tal yn gysgod
ar draws y lleuad wen …

Fe welaf gastell cadarn
a baneri'n chwifio'n falch,
a rhwng y tyrau'n cuddio
mae Huwcyn Cwsg – y gwalch …

Ond gwylia – ar eu hysgub
mae haid o wrachod main,
a rhubannau eu gwallt cyn flered
â'r gwlân sydd ar y drain …

Mae praidd o ddefaid fan'cw
a'u cnu yn gyrliog wyn
a dacw gynffon mochyn
yn diflannu dros y bryn.

Ond pan ddywedaf wrth fy nhad
am y lluniau welaf i,
mae o'n edrych arnaf braidd yn hurt –
"Dim ond cwmwl ydi o, sti!"

Yn y Den

Mae pob dydd yn gynnes felyn
a fy mreuddwyd yn aderyn,
ar ei adain yr ehedaf
hwnt ac yma, lle y mynnaf.

Ar adain eryr 'nôl mewn amser
i dŵr Carn Dochan, ac o'r pellter
dacw reng o wŷr yn rhuthro,
bwa'n barod, rhaid fydd brwydro.

Draw ar adain wen yr wylan
nes dod o hyd i'r ynys fechan,
agor map a chloddio wedyn,
canfod trysor dan y rhedyn.

A'r tro hwn ar adain hynod
Terosarws trwy wlad trychfilod,
dos ynghynt, rhaid mynd fel slecs –
neu fi fydd swper y T-Rex.

Yna swatio wnaf yn ddirgel,
gwylio'r nos yn cau yn dawel;
yma fi yw'r 'deryn doethaf
a'r dail mwyn yn cau amdanaf.

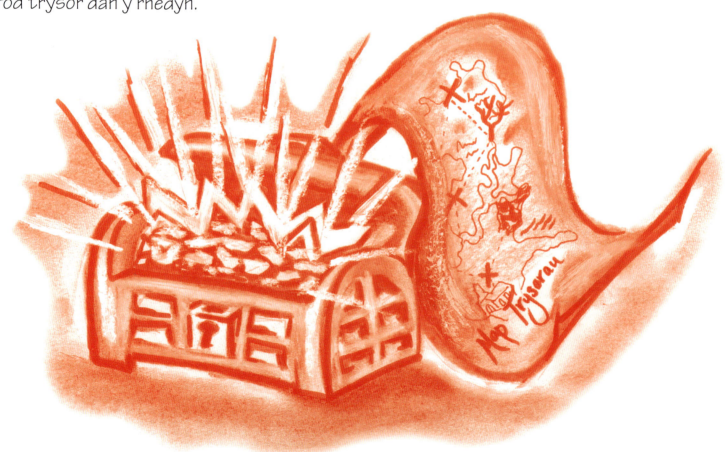

Dwi am fod ...

Roeddwn i am fod yn ddeifiwr unwaith, erbyn hyn dwi ddim yn siŵr,
oherwydd mae'n gas gen i bysgod, a dwi ddim yn rhy hoff o ddŵr.

Wedyn, roeddwn am fod yn ffariar, ond mae gen i ofn pob math
o famaliaid bychain, blewog, dwi'n tisian wrth edrych ar gath.

Efallai y gallwn i drio bod yn bêl-droediwr, cael tomen o bres,
ond mae pawb yn dweud fy mod i yn cynhyrfu pan ddaw'r bêl yn nes.

Neu beth am fod yn feddyg, yn ddeintydd, neu'n ddyn trin traed?
Dwi'n meddwl fod hynny yn syniad da – cyn belled na fydd yna waed.

Dwi'n gwybod – mi fydda i'n enwog, yn enwog am wneud – DIM BYD.
Mae'r rheini'n gyfoethog yn tydyn, a'u lluniau'n y papur o hyd.

Drama'r Bore

Fi:	O Mam, dim ond pum munud eto …
Mam:	Na, cwyd RWAN, un, dau, cwyd …
	(BRRRR sgrechia cloc larwm Guto)
	Ydi'r gath 'ma wedi cael bwyd?
Radio:	Trôns fy nhad efo twll yn y canol …
Fi:	Dad … llythyr pwysig … wedi anghofio …
Radio:	A dyma'r tywydd – storm ddifrifol.
	Trychineb yn wir – sut 'dach i'n teimlo?
Guto:	Does 'na ddim ar ôl ond Cocopops.
Mam:	Bydd yn ddiolchgar – beth am dy ddannadd?
Fi:	Pa ddiwrnod 'di heddiw, dydd Gwener – TOPS!
Dad:	Nefi blŵ, does isio 'mynadd …
	Pawb trwy'r drws … wela'i chi heno …
Guto:	Hei lle mae bag fi?
Mam:	Plîs gofyn eto …

Blwch Trysorau

Pelen o fflyff a chroen llyffant,
llun tylwyth teg a deg dant,

hen nyth a phitsa neithiwr,
un gewin du a gwn dŵr.

Matsien, chwe
marblen a mwy;

I Sam,
SWoP.
am y symiau,
Chwannen
Now
(mewn blwch),
a chnau.

Llun cydio llaw draw ar draeth,
Oriawr sy'n codi hiraeth …